This *book* belongs to:

_____

Mulberry Home Alone

Text © Sally Grindley 1998

Illustrations © Tania Hurt-Newton 1998

First published in Great Britain in 1998 by
Macdonald Young Books

莫伯利當家

Sally Grindley 著

Tania Hurt-Newton 繪

張憶萍 譯

三民書局

The front door **slammed** shut. Mulberry stood in the hall and looked puzzled.

Where was his **pat** on the head?

He **scratched** at the door and **whined**.

He **barked** and then he **howled**.

Nobody came.

前門砰地一聲關起來了。莫伯利站在玄關，一臉困惑的樣子。

主人去哪兒了呢？

他抓了抓門，低聲地嗚嗚叫了起來。

莫伯利愈叫愈大聲。

可是沒有人理他。

slam [slæm] 勔 (使勁)關上
pat [pæt] 名 輕拍
scratch [skrætʃ] 勔 抓
whine [hwaɪn] 勔 (狗)嗚嗚地叫
bark [bɑrk] 勔 吠叫
howl [haʊl] 勔 (狗)號叫

He ran to the window.

They were **climbing** inside the car.

"Did you **mean to** leave me?" he barked. "Did you **forget** to pat me on the head? Did you forget to say 'Be good, Mulberry'?" Nobody heard.

他跑到窗邊。

他們正要上車呢！

「你們要把我一個人丟在這裡嗎？」他汪汪叫著。「你們是不是忘了拍拍我的頭啊？你們是不是忘了說『莫伯利再見』啊？」可是沒有人聽見。

climb [klaɪm] 動 攀登；爬
mean to do... 打算做⋯
forget [fɚ`gɛt] 動 忘記

The car drove away.

Mulberry **lay** down on the floor with his **chin** on his **paws** and **sulked**.

He didn't like being home alone.

車子開走了。

莫伯利趴在地板上，下巴靠著前腳，噘起嘴發脾氣。

他不喜歡一個人在家！

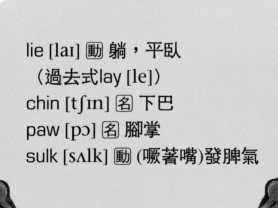

lie [laɪ] 動 躺，平臥
（過去式lay [le]）
chin [tʃɪn] 名 下巴
paw [pɔ] 名 腳掌
sulk [sʌlk] 動 (噘著嘴)發脾氣

Mulberry could see his **squeaky** ball
under the table.

"I'm coming to get you," he **growled**.

He **pounced** on it and **threw** it across the
room. He **galloped** after it and knocked into
a chair.

莫伯利看到他那顆吱吱球在桌子底下。

「我要來抓你了。」他低吼起來。

他跳起來向球撲去，把它扔到房間的另一邊。他飛快地跑去追球，結果撞到一張椅子。

squeaky [`skwikɪ] 形 吱吱叫的
growl [graʊl] 動 咆哮
escape [ə`skep] 動 逃，脫逃
pounce [paʊns] 動 猛撲
throw [θro] 動 投，扔
　（過去式 threw [θru]）
gallop [`gæləp] 動 飛奔

The chair **fell over** on to a plant.
The plant **crashed** to the floor.

He bit off a few leaves.
"I'm hungry," he **whimpered**.

椅子倒向花盆。

花盆嘩啦一聲摔破在地上。

他咬下了幾片樹葉。

「我好餓喲！」他嗚嗚地哭了起來。

fall over 倒下
crash [kræʃ] 動 碰撞；墜落
whimper [ˋhwɪmpɚ] 動 低吠

11

Mulberry **trotted** into the kitchen.
His bowl was empty.

"Who's eaten my **doggy crunchy**
things?" he growled.

莫伯利跑進廚房。

他的碗是空的。

「誰把我那又鬆又脆的食物吃掉了？」他低吼著。

trot [trɑt] 動 快跑
doggy [ˋdɔgɪ] 形 小狗的
crunchy [ˋkrʌntʃɪ] 形 咔嗞咔嗞作響的

Then he **remembered** where they kept the packet. He went to the cupboard and closed his teeth round the handle.

Then he **pulled**,
GRRRRRR !
and pulled,
GRRRRRR !
and pulled
GRRRRRR !
until the cupboard door **flew** open.

過了一會兒，他想起來裝食物的袋子放在哪裡。他走到碗櫃旁，用牙齒咬住把手。

　　然後他用力地拉，

　　卡拉一聲！

　　拉呀！

　　卡拉一聲！

　　拉呀！

　　卡拉一聲！

　　碗櫃的門終於打開了。

remember [rɪ`mɛmbɚ] 勔 想起
pull [pul] 勔 拉
fly [flaɪ] 勔 突然變成(某種狀態)
　(過去式flew [flu])

15

Mulberry fell **backward** and knocked over the **rubbish bin**. Rubbish **spilled** all over the floor. Some of it smelt good. Some of it smelt like food.

Mulberry **stuck** his nose in and pulled out a piece of meat — YUM! and some cheese — YUM!

He **dragged** the packet from the cupboard. The packet **burst** and doggy crunchy things flew over the floor. Mulberry **crunched** his way round the kitchen until there was nothing left. Then he sat down in his basket.

莫伯利往後跌坐下去，結果把垃圾桶給撞翻，整個地板灑滿了垃圾。有些垃圾並不難聞，有些聞起來像是可以吃的樣子呢！

　　莫伯利把鼻子埋到垃圾堆裡，拉出一塊肉——真好吃！還有一些乳酪——真是好吃！

backward [`bækwɚd] 副 向後地
rubbish [`rʌbɪʃ] 名 垃圾
bin [bɪn] 名 (有蓋的)大箱子
spill [spɪl] 動 灑落
stick [stɪk] 動 插進，刺進
　　（過去式stuck [stʌk]）

他把袋子從碗櫃裡拖了出來。袋子裂開，裡面的食物灑得整個地板都是。莫伯利在廚房裡到處咔嗞咔嗞地吃東西，直到吃個精光。然後他才回到他的狗籃裡坐了下來。

drag [dræg] 勔 拖拉
burst [bɜˀst] 勔 破裂，爆裂
crunch [krʌntʃ] 勔 咔嗞咔嗞地咀嚼

"Time for a **nap**," he **yawned**, and he fell asleep.

Mulberry was woken by a **tap**-tapping sound. He knew that sound — CAT!

He **leapt** from his basket and ran into the kitchen, barking loudly.

「該睡午覺了！」他打了個呵欠，不久便睡著了。

一陣啪噠啪噠的聲音把莫伯利給吵醒。他認得這個聲音——是貓咪！

他跳出狗籃，跑到廚房，大聲地汪汪叫。

nap [næp] 名 打盹，小睡
yawn [jɔn] 動 打呵欠
tap [tæp] 名 輕拍，輕敲
leap [lip] 動 跳
（過去式leapt [lɛpt]）

Cat's head was **poking** through the cat **flap**.

"Oh no you don't!" barked Mulberry. Cat's head **disappeared**.

Mulberry sat and waited. Cat's paw **rattled** the cat flap.

Scaredy cat, Scaredy cat!
膽小鬼，膽小鬼！

"You're not coming in," growled Mulberry. "I'm in **charge** here." Nothing happened.

"What's the matter? Are you **scared**?" he barked.

Still nothing happened.

貓咪正從小門伸出頭來。

「不行，妳不可以！」莫伯利汪汪叫著。貓咪把頭縮了回去。

莫伯利坐下來等，貓咪的爪子在小門上發出了嘎嘎的聲音。

「不准進來，」莫伯利吼叫起來。「這裡是我的地盤。」貓咪沒什麼動靜。

「怎麼了？妳怕啦？」他汪汪叫著。

貓咪還是沒什麼動靜。

poke [pok] 動 伸出
flap [flæp] 名 片狀下垂物
disappear [ˌdɪsəˈpɪr] 動 消失
rattle [ˈrætl̩] 動 使發出嘎嘎聲
charge [tʃɑrdʒ] 名 管理，負責
scared [skɛrd] 形 受到驚嚇的

Mulberry **wandered** back into the other room. He began to **chew** up a newspaper. The cat flap **banged**.

He **rushed** into the kitchen and there was Cat, in the kitchen!

Cat stared at Mulberry. Mulberry stared at Cat. He **crouched** down low, he **waggled** his **bottom**, then he pounced.

莫伯利閒晃到別的房間撕咬報紙。貓咪的小門砰地一聲。

他衝進廚房，貓咪正在那裡呢！就在廚房裡頭！

貓咪瞪著莫伯利，莫伯利也瞪著貓咪。貓咪蹲下來，搖一搖屁股，接著跳了起來。

wander [`wandɚ] 動 徘徊
chew [tʃu] 動 嚼
bang [bæŋ] 動 發出砰的聲音
rush [rʌʃ] 動 衝進
crouch [krautʃ] 動 蹲伏，彎身
waggle [`wægl̩] 動 搖動
bottom [`batəm] 名 屁股

Cat leapt in the air. She **spat** at Mulberry and shot off upstairs.

Mulberry **skidded** on an empty can and landed in a **mess** of **spaghetti hoops**.

He leapt after Cat.

貓咪跳到半空中，對著莫伯利呼嚕呼嚕叫，然後一溜煙地衝到樓上。

莫伯利踩到一個空罐子後，跌坐在一堆通心粉裡。

他跳起來追貓咪。

spit [spɪt] 動 (貓)發呼呼聲
　(過去式spat [spæt])
skid [skɪd] 動 打滑
mess [mɛs] 名 雜亂
spaghetti [spə`gɛtɪ] 名 通心粉
hoop [hup] 名 環圈

But he couldn't find her.

He looked behind the curtains.

Cat wasn't there.

He looked under a pile of clothes.

Cat wasn't there.

He **jumped** up into a funny little bed that he hadn't seen before.

Cat wasn't there.

可_{ㄎㄜˇ}是_{ㄕˋ}貓_{ㄇㄠ}咪_{ㄇㄧ}不_{ㄅㄨˋ}見_{ㄐㄧㄢˋ}了_{ㄌㄜ}。

他_{ㄊㄚ}看_{ㄎㄢˋ}了_{ㄌㄜ}看_{ㄎㄢˋ}窗_{ㄔㄨㄤ}簾_{ㄌㄧㄢˊ}後_{ㄏㄡˋ}面_{ㄇㄧㄢˋ}。

貓_{ㄇㄠ}咪_{ㄇㄧ}不_{ㄅㄨˋ}在_{ㄗㄞˋ}那_{ㄋㄚˋ}兒_ㄦ。

他_{ㄊㄚ}翻_{ㄈㄢ}了_{ㄌㄜ}翻_{ㄈㄢ}衣_ㄧ服_{ㄈㄨˊ}堆_{ㄉㄨㄟ}。

貓_{ㄇㄠ}咪_{ㄇㄧ}不_{ㄅㄨˋ}在_{ㄗㄞˋ}那_{ㄋㄚˋ}兒_ㄦ。

他_{ㄊㄚ}跳_{ㄊㄧㄠˋ}到_{ㄉㄠˋ}一_ㄧ張_{ㄓㄤ}他_{ㄊㄚ}從_{ㄘㄨㄥˊ}沒_{ㄇㄟˊ}見_{ㄐㄧㄢˋ}過_{ㄍㄨㄛˋ}的_{ㄉㄜ}小_{ㄒㄧㄠˇ}怪_{ㄍㄨㄞˋ}床_{ㄔㄨㄤˊ}上_{ㄕㄤˋ}。

貓_{ㄇㄠ}咪_{ㄇㄧ}也_{ㄧㄝˇ}不_{ㄅㄨˋ}在_{ㄗㄞˋ}那_{ㄋㄚˋ}兒_ㄦ。

jump [dʒʌmp] 動 跳

Then he looked under the big bed. Cat was there, right in the middle, but Mulberry couldn't **reach** her. She stared at him and washed her paws.

Mulberry **pretended** he didn't **care**.

他往大床底下張望，貓咪就在那兒呢！就在正中央！可是莫伯利搆不到她。她一邊瞪著莫伯利，一邊舔她的爪子。

莫伯利裝作不在乎。

reach [ritʃ] 働 觸及
pretend [prɪˋtɛnd] 働 假裝
care [kɛr] 働 在意

He **grabbed** a **slipper** in his mouth and pretended it was Cat. He **shook** it and shook it and growled. Then he carried it to the top of the stairs and dropped it down.

他抓起一只拖鞋，咬在嘴裡，假裝那是貓咪。他一邊把拖鞋甩來甩去，一邊吼叫著。接著，他把拖鞋咬到樓梯的最上一層，往下面扔去。

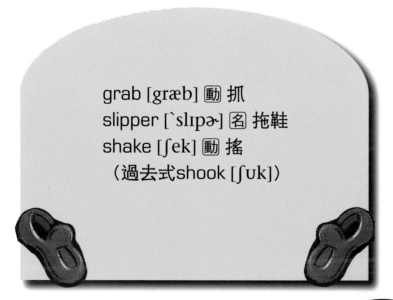

grab [græb] 勔 抓
slipper [`slɪpɚ] 名 拖鞋
shake [ʃek] 勔 搖
（過去式shook [ʃʊk]）

It landed on a vase of flowers which fell to the ground and broke. Water **spilled** over the **rug** in the hall.

Mulberry ran downstairs, **slipped** on the rug and knocked over the telephone table.

拖鞋掉下來，砸到一個花瓶。花瓶摔破在地上，流出的水弄濕了前廊的地毯。

　　莫伯利跑下樓來，結果滑倒在地毯上，撞倒了電話架。

spill [spɪl] 動 流出
rug [rʌg] 名 地毯
slip [slɪp] 動 滑跤

Just then he heard a banging noise. He knew that noise.

They were back!

Mulberry ran to the window.

He heard the key turn in the door.

就在這個時候，他聽到了「砰」的一聲。他認得這個聲音。

主人回來了吧！

莫伯利跑到窗邊。

他聽到鑰匙開門的聲音。

He ran into the hall and skidded on the rug. The door opened and he leapt at them.

"Hello, hello!" he barked.
"I've been home alone!
You forgot to pat me on the head!
You forgot my doggy crunchy things!
You forgot to say 'Be good, Mulberry'!"

他跑到前廊，在地毯上滑了一下。門一打開，他便撲到他們身上。

「哈囉！哈囉！」他汪汪叫。

「你們把我一個人留在家裡！忘了拍拍我的頭！忘了幫我準備我那又鬆又脆的食物！也忘了說：『要乖喲，莫伯利！』」

"Good boy, Mulberry," they said.

And then, "Bad dog, Mulberry. Go to your basket and stay there."

Mulberry looked at them and **blinked**.

「好孩子，莫伯利。」他們說。

一會兒他們又說：「壞狗狗，莫伯利！回去待在你的狗籃裡。」

莫伯利看著他們，眼睛眨呀眨的。

blink [blɪŋk] 動 眨眼

"**B**ad dog. Look at this mess," they said.
Mulberry **hung his tail between his legs**.
He went to his basket, put his chin on his
paws, and sulked.

「壞狗狗，看你把這裡弄成什麼樣子。」他們說。

莫伯利垂頭喪氣地回到狗籃裡，下巴靠著腳掌，生起悶氣。

hang one's tail between one's legs
夾起尾巴，垂頭喪氣

Then he saw something new. There was another basket on the floor and it was shaking. Was Cat inside?

Mulberry **crept** toward it and growled. The basket moved again.

WAAAH! WAAAH! WAAAH!
哇！哇！哇！

Mulberry howled and hid under the stairs. They came running.

這ㄓㄜˋ時ㄕˊ他ㄊㄚ看ㄎㄢˋ到ㄉㄠˋ一ㄧˊ樣ㄧㄤˋ新ㄒㄧㄣ奇ㄑㄧˊ的ㄉㄜ東ㄉㄨㄥ西ㄒㄧ——地ㄉㄧˋ板ㄅㄢˇ上ㄕㄤˋ有ㄧㄡˇ另ㄌㄧㄥˋ一ㄧˊ個ㄍㄜˋ籃ㄌㄢˊ子ㄗ，正ㄓㄥˋ搖ㄧㄠˊ來ㄌㄞˊ搖ㄧㄠˊ去ㄑㄩˋ呢ㄋㄜ！裡ㄌㄧˇ面ㄇㄧㄢˋ是ㄕˋ貓ㄇㄠ咪ㄇㄧ嗎ㄇㄚ？

莫ㄇㄛˋ伯ㄅㄛˊ利ㄌㄧˋ悄ㄑㄧㄠˇ悄ㄑㄧㄠˇ爬ㄆㄚˊ向ㄒㄧㄤˋ籃ㄌㄢˊ子ㄗ對ㄉㄨㄟˋ著ㄓㄜ它ㄊㄚ低ㄉㄧ吼ㄏㄡˇ。籃ㄌㄢˊ子ㄗ又ㄧㄡˋ動ㄉㄨㄥˋ了ㄌㄜ。

莫ㄇㄛˋ伯ㄅㄛˊ利ㄌㄧˋ邊ㄅㄧㄢ叫ㄐㄧㄠˋ邊ㄅㄧㄢ跑ㄆㄠˇ到ㄉㄠˋ樓ㄌㄡˊ梯ㄊㄧ底ㄉㄧˇ下ㄒㄧㄚˋ躲ㄉㄨㄛˇ起ㄑㄧˇ來ㄌㄞˊ。他ㄊㄚ們ㄇㄣ跑ㄆㄠˇ了ㄌㄜ過ㄍㄨㄛˋ來ㄌㄞˊ。

creep [krip] 動 爬行，悄悄靠近
（過去式crept [krɛpt]）

They picked up the thing in the basket
and patted it and spoke kind words.

Mulberry **shook** in his hiding place.

He was **frightened**. Where were *his* kind
words?

他們抱起籃子裡的東西，輕輕地拍，溫柔地哄。

　　莫伯利躲在樓梯下發抖。

　　他害怕得不得了了。「現在不哄我了嗎？」

shake [ʃek] 動 發抖
（過去式shook [ʃuk]）
frightened [`fraɪtn̩d] 形 害怕的

47

At last the WAAAH! WAAAH!
WAAAH! stopped.

Mulberry peeped out and whimpered.
They came to find him. They patted him on
the head.

Are we friends now?
我們現在是朋友了嗎？

"It's all right, Mulberry," they said.
"There's nothing to be frightened of.
Come and have some doggy bones."

Mulberry **bounded** from his hiding place
and leapt up at them.

「哇ㄨㄚ！哇ㄨㄚ！哇ㄨㄚ！」的ㄉㄜ聲ㄕㄥ音ㄧㄣ終ㄓㄨㄥ於ㄩ停ㄊㄧㄥ了ㄌㄜ。

莫ㄇㄛ伯ㄅㄛ利ㄌㄧ探ㄊㄢ出ㄔㄨ頭ㄊㄡ來ㄌㄞ瞧ㄑㄧㄠ瞧ㄑㄧㄠ，低ㄉㄧ聲ㄕㄥ地ㄉㄜ嗚ㄨ嗚ㄨ叫ㄐㄧㄠ。他ㄊㄚ們ㄇㄣ過ㄍㄨㄛ來ㄌㄞ找ㄓㄠ他ㄊㄚ，輕ㄑㄧㄥ輕ㄑㄧㄥ地ㄉㄜ拍ㄆㄞ拍ㄆㄞ他ㄊㄚ的ㄉㄜ頭ㄊㄡ。

「沒ㄇㄟ事ㄕ了ㄌㄜ，莫ㄇㄛ伯ㄅㄛ利ㄌㄧ。」他ㄊㄚ們ㄇㄣ說ㄕㄨㄛ。

「沒ㄇㄟ什ㄕㄜ麼ㄇㄜ好ㄏㄠ怕ㄆㄚ的ㄉㄜ呀ㄧㄚ！過ㄍㄨㄛ來ㄌㄞ這ㄓㄜ兒ㄦ啃ㄎㄣ骨ㄍㄨ頭ㄊㄡ吧ㄅㄚ！」

莫ㄇㄛ伯ㄅㄛ利ㄌㄧ從ㄘㄨㄥ藏ㄘㄤ身ㄕㄣ的ㄉㄜ地ㄉㄧ方ㄈㄤ跳ㄊㄧㄠ了ㄌㄜ出ㄔㄨ來ㄌㄞ，撲ㄆㄨ到ㄉㄠ他ㄊㄚ們ㄇㄣ身ㄕㄣ上ㄕㄤ。

bound [baund] 動 跳起

"Good boy, Mulberry," they said. "We **forgive** you."

Mulberry crunched his doggy bones.

Then they took him for his walk like they always did. They threw him a **stick** like they always did. He **settled down** to sleep like he always did.

And he felt **safe** again.

「好孩子，莫伯利。」他們說。「我們原諒你了。」

莫伯利啃著他的骨頭。

他們像平常一樣帶他去散步，像平常一樣丟棍子給他撿，而他也像平常一樣地在他的狗籃裡睡覺。

莫伯利又像以前一樣安心了。

forgive [fɚ`gɪv] 動 原諒
stick [stɪk] 名 棍子
settle down 平靜下來
safe [sef] 形 安全的

But it was a long time before he would go anywhere near the thing in the basket that went WAAAH!

可是，過了很長一段時間，他才敢靠近那個在籃子裡，會哇哇叫的東西呢！

選對了 工具書
學英文就如虎添翼！

三民 皇冠英漢辭典（革新版）

—— 大學教授一致推薦，最適合中學生的辭典！

◎明顯標示中學生必學的507個單字和最常犯的錯誤，淺顯又易懂！

◎收錄豐富詞條及例句，幫助你輕鬆閱讀課外讀物！

◎詳盡的「參考」及「印象」欄，讓你體會英語的「弦外之音」！

三民 精解英漢辭典

——真正賞心悅目，趣味橫生的英漢辭典！

◎收錄詞條25,000字，最適合中學生和社會人士查閱！

◎常用基本字彙以較大字體標示，並搭配豐富的使用範例。

◎以五大句型為基礎，讓你更容易活用動詞型態。

◎豐富的漫畫式插圖，讓你輕鬆快樂地學習，促進學習效率。

打開詩的魔法書……

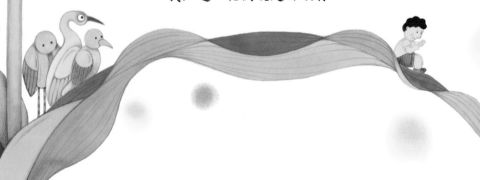

兒童文學叢書
・小詩人系列・

獲文建會「**好書大家讀**」活動推薦、
行政院新聞局第十六次推介中小學生優良課外讀物

在六點五點之間，
早起的鳥兒，
有很多種，不同的叫聲；

有一種，在不遠不近的
林子裡邊，說：
「七就七，九歸九？」
（早安，吃飽了沒？）
我知道，牠們就是白頭翁。

（圖、文選自林煥彰詩、施政廷畫《家是我放心的地方》）

人類文明小百科

一套專為十歲以上青少年設計的百科全書

神話

身體與健康

音樂史

奧林匹克運動會

科學簡史

電影

從行星到眾星系

探索與發現

火山與地震

高盧人

希伯來人

希臘人

羅馬人

法老時代的埃及

歐洲的城堡

─ 本系列由法國Hachette Livre 獨家授權出版

行政院新聞局第十六次推介中小學生優良課外讀物

◆ 開本適中,讓你帶到哪裡就讀到哪裡!

◆ 內容新穎而生活化,沒有艱深難懂的文字,更沒有刻板的條列式資料,跟你以前讀過的百科全書絕對不同!

◆ 從歷史、藝術到音樂,豐富多樣的主題式探討,讓你學習從全人類的觀點,放眼人類文明,培養開闊的世界觀。

◆ 豐富的精美彩色圖片,更能加倍激發你的好奇心與求知慾,擴充知識領域與思考深度!

國家圖書館出版品預行編目資料

莫伯利當家 = Mulberry home alone / Sally Grindley
　著；Tania Hurt－Newton 繪；張憶萍譯－－初版．
－－臺北市：
三民，民88
　　面；　公分
ISBN 957－14－3007－2（平裝）

1.英國語言－讀本

805.18　　　　　　　　　　　　　　88004018

網際網路位址　http：// www．sanmin．com．tw

© 莫伯利當家

著作人　Sally Grindley
繪圖者　Tania Hurt－Newton
譯　者　張憶萍
發行人　劉振強
著作財　三民書局股份有限公司
產權人
　　　　臺北市復興北路三八六號
發行所　三民書局股份有限公司
　　　　地址 / 臺北市復興北路三八六號
　　　　電話 / 二五○○六六○○
　　　　郵撥 / ○○○九九九八－－五號
印刷所　三民書局股份有限公司
門市部　復北店 / 臺北市復興北路三八六號
　　　　重南店 / 臺北市重慶南路一段六十一號
初　版　中華民國八十八年九月
編　號　S85474
定　價　新臺幣壹佰壹拾元整

行政院新聞局登記證局版臺業字第○二○○號

有著作權‧不准侵害

ISBN　957－14－3007－2（平裝）

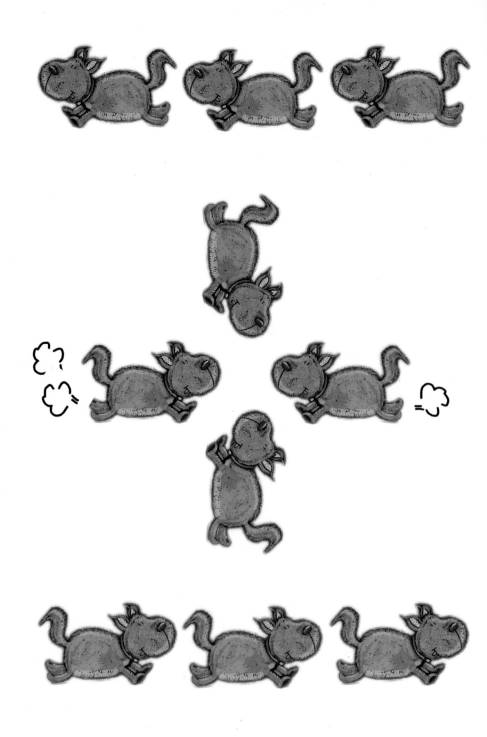